Honoré De Balzac

Autre étude de femme

Texte et illustration de couverture : © domaine public
Edition : Culturea (Hérault, 34)
Contact : infos@culturea.fr
Retrouvez notre catalogue sur http://culturea.fr
Imprimé en Allemagne par Books on Demand
Design typographique : Derek Murphy
Layout : Reedsy (https://reedsy.com/)

Dépôt légal : janvier 2023

ISBN : 9791041921836

Table des matières

DÉDIÉ À LÉON GOZLAN

Comme un témoignage de bonne confraternité littéraire.

À Paris, il se rencontre toujours deux soirées dans les bals ou dans les *raouts*. D'abord une soirée officielle à laquelle assistent les personnes priées, un beau monde qui s'ennuie. Chacun pose pour le voisin. La plupart des jeunes femmes ne viennent que pour une seule personne. Quand chaque femme s'est assurée qu'elle est la plus belle pour cette personne et que cette opinion a pu être partagée par quelques autres, après des phrases insignifiantes échangées, comme celles-ci : – Comptez-vous aller de bonne heure à ** (un nom de terre) ? – Madame une telle a bien chanté ! – Quelle est cette petite femme qui a tant de diamants ? Ou, après avoir lancé des phrases épigrammatiques qui font un plaisir passager et des blessures de longue durée, les groupes s'éclaircissent, les indifférents s'en vont, les bougies brûlent dans les bobèches ; la maîtresse de la maison arrête alors quelques artistes, des gens gais, des amis, en leur disant : – Restez, nous soupons entre nous. On se rassemble dans un petit salon. La seconde, la véritable soirée a lieu ; soirée où, comme sous l'ancien régime, chacun entend ce qui se dit, où la conversation est générale, où l'on est forcé d'avoir de l'esprit et de contribuer à l'amusement public. Tout est en relief, un rire franc succède à ces airs gourmés qui, dans le monde, attristent les plus jolies figures. Enfin, le plaisir commence là où le raout finit. Le raout, cette froide revue du luxe, ce défilé d'amours-propres en grand costume, est une de ces inventions anglaises qui tendent à *mécanifier* les autres nations. L'Angleterre semble tenir à ce que le monde entier s'ennuie comme elle et autant qu'elle.

Cette seconde soirée est donc, en France, dans quelques maisons, une heureuse protestation de l'ancien esprit de notre joyeux pays ; mais, malheureusement, peu de maisons protestent : la raison en est bien simple. Si l'on ne soupe plus beaucoup aujourd'hui, c'est que, sous aucun régime, il n'y a eu moins de gens casés, posés et arrivés. Tout le monde est en marche vers quelque but, ou trotte après la fortune. Le temps est devenu la plus chère denrée, personne ne peut donc se livrer à cette prodigieuse prodigalité de rentrer chez soi le lendemain pour se réveiller tard. On ne retrouve donc plus de seconde soirée que chez les femmes assez riches pour ouvrir leur maison ; et depuis la révolution de 1830, ces femmes se comptent dans Paris. Malgré l'opposition muette du faubourg Saint-Germain, deux ou trois femmes, parmi lesquelles se trouve madame la marquise d'Espard, n'ont pas voulu renoncer à la part d'influence qu'elles avaient sur Paris, et n'ont point fermé leurs salons. Entre tous, l'hôtel de madame d'Espard, célèbre d'ailleurs à Paris, est le dernier asile où se soit réfugié l'esprit français d'autrefois, avec sa profondeur cachée, ses mille détours et sa politesse exquise. Là vous observerez encore de la grâce dans les manières malgré les conventions de la politesse, de l'abandon dans la causerie malgré la réserve naturelle aux gens comme il faut, et surtout de la générosité dans les idées. Là, nul ne pense à garder sa pensée pour un drame ; et, dans un récit, personne ne voit un livre à faire. Enfin le hideux squelette d'une littérature aux abois ne se dresse point, à propos d'une saillie heureuse ou d'un sujet intéressant.

Le souvenir d'une de ces soirées m'est plus particulièrement resté, moins à cause d'une confidence où l'illustre de Marsay mit à découvert un des replis les plus profonds du cœur de la femme, qu'à cause des observations auxquelles son récit donna lieu sur les changements qui se sont opérés dans la femme française depuis la triste révolution de juillet. Pendant cette soirée, le hasard avait réuni plusieurs personnes auxquelles d'incontestables mérites ont valu des réputations européennes.

Ceci n'est point une flatterie adressée à la France, car plusieurs étrangers se trouvaient parmi nous. Les hommes qui brillèrent le plus n'étaient d'ailleurs pas les plus célèbres. Ingénieuses reparties, observations fines, railleries excellentes, peintures dessinées avec une netteté brillante pétillèrent et se pressèrent sans apprêt, se prodiguèrent sans dédain comme sans recherche, mais furent délicieusement senties et délicatement savourées. Les gens du monde se firent surtout remarquer par une grâce, par une verve tout artistiques.

Vous rencontrerez ailleurs, en Europe, d'élégantes manières, de la cordialité, de la bonhomie, de la science ; mais à Paris seulement, dans ce salon et dans ceux dont je viens de parler, abonde l'esprit particulier qui donne à toutes ces qualités sociales un agréable et capricieux ensemble, je ne sais quelle allure fluviale qui fait facilement serpenter cette profusion de pensées, de formules, de contes, de documents historiques. Paris, capitale du goût, connaît seul cette science qui change une conversation en une joûte où chaque nature d'esprit se condense par un trait, où chacun dit sa phrase et jette son expérience dans un mot, où tout le monde s'amuse, se délasse et s'exerce. Aussi, là seulement, vous échangerez vos idées ; là vous ne porterez pas, comme le dauphin de la fable, quelque singe sur vos épaules ; là vous serez compris, et ne risquerez pas de mettre au jeu des pièces d'or contre du billon. Enfin, là, des secrets bien trahis, des causeries légères et profondes ondoient, tournent, changent d'aspect et de couleurs à chaque phrase. Les critiques vives et les récits pressés s'entraînent les uns les autres. Tous les yeux écoutent, les gestes interrogent et la physionomie répond. Enfin, là tout est, en un mot, esprit et pensée.

Jamais le phénomène oral qui, bien étudié, bien manié, fait la puissance de l'acteur et du conteur, ne m'avait si complètement ensorcelé. Je ne fus pas seul soumis à ces prestiges, et nous passâmes tous une soirée délicieuse. La conversation, devenue conteuse, entraîna dans son cours précipité de curieuses confidences, plusieurs portraits, mille folies, qui rendent cette ravissante improvisation tout à fait intraduisible ; mais, en laissant à ces choses leur verdeur, leur abrupte naturel, leurs fallacieuses sinuosités, peut-être comprendrez-vous bien le charme d'une véritable soirée française, prise au moment où la familiarité la plus douce fait oublier à chacun ses intérêts, son amour-propre spécial, ou, si vous voulez, ses prétentions.

Vers deux heures du matin, au moment où le souper finissait, il ne se trouva plus autour de la table que des intimes, tous éprouvés par un commerce de quinze années, ou des gens de beaucoup de goût, bien élevés et qui savaient le monde. Par une convention tacite et bien observée, au souper chacun renonce à son importance. L'égalité la plus absolue y donne le ton. Il n'y avait d'ailleurs alors personne qui ne fût très-fier d'être lui-même. Madame d'Espard oblige ses convives à rester à table jusqu'au départ, après avoir maintes fois remarqué le changement total qui s'opère dans les esprits par le déplacement. De la salle à manger au salon, le charme se rompt. Selon Sterne, les idées d'un auteur qui s'est fait la barbe diffèrent de celles qu'il avait auparavant ; si Sterne a raison, ne peut-on pas affirmer hardiment que les dispositions des gens à table ne sont plus celles des mêmes gens revenus au salon ? L'atmosphère n'est plus capiteuse, l'œil ne contemple plus le brillant désordre du dessert, on a perdu les bénéfices de cette mollesse d'esprit, de cette bénévolence qui nous envahit quand nous restons dans l'assiette particulière à l'homme rassasié, bien établi sur une de ces chaises moelleuses comme on les fait aujourd'hui. Peut-être cause-t-on plus volontiers devant un dessert, en compagnie de vins fins, pendant le délicieux moment où chacun peut mettre son coude sur la table et sa tête dans sa main. Non-seulement alors tout le monde aime à parler, mais encore à écouter. La digestion, presque toujours attentive, est, selon les caractères, ou babillarde, ou silencieuse ; et chacun y trouve alors son compte.

Ne fallait-il pas ce préambule pour vous initier aux charmes du récit confidentiel par lequel un homme célèbre, mort depuis, a peint l'innocent jésuitisme de la femme avec cette finesse particulière aux gens qui ont vu beaucoup de choses et qui fait des hommes d'état de délicieux conteurs, lorsque, comme les princes de Talleyrand et de Metternich, ils daignent conter.

De Marsay, nommé premier ministre depuis six mois, avait déjà donné les preuves d'une capacité supérieure. Quoique ceux qui le connaissaient de longue main ne fussent pas étonnés de lui voir déployer tous les talents et les diverses aptitudes de l'homme d'état, on pouvait se demander s'il se savait être un grand politique, ou s'il s'était développé dans le feu des circonstances. Cette question venait de lui être adressée dans une intention évidemment philosophique par un homme d'esprit et d'observation qu'il avait nommé préfet, qui fut long-temps journaliste, et qui l'admirait sans mêler à son admiration ce filet de critique vinaigrée avec lequel, à Paris, un homme supérieur s'excuse d'en admirer un autre.

— Y a-t-il eu, dans votre vie antérieure, un fait, une pensée, un désir qui vous ait appris votre vocation ? lui dit Émile Blondet, car nous avons tous, comme Newton, notre pomme qui tombe et qui nous amène sur le terrain où nos facultés se déploient...

— Oui, répondit de Marsay, je vais vous conter cela.

Jolies femmes, dandies politiques, artistes, vieillards, les intimes de de Marsay, tous se mirent alors commodément, chacun dans sa pose, et regardèrent le premier ministre. Est-il besoin de dire qu'il n'y avait plus de domestiques, que les portes étaient closes et les portières tirées ? Le silence fut si profond qu'on entendit dans la cour le murmure des cochers, les coups de pied et les bruits que font les chevaux en demandant à revenir à l'écurie.

– L'homme d'état, mes amis, n'existe que par une seule qualité, dit le ministre en jouant avec son couteau de nacre et d'or : savoir être toujours maître de soi, faire à tout propos le décompte de chaque événement, quelque fortuit qu'il puisse être ; enfin, avoir, dans son moi intérieur, un être froid et désintéressé qui assiste en spectateur à tous les mouvements de notre vie, à nos passions, à nos sentiments, et qui nous souffle à propos de toute chose l'arrêt d'une espèce de barême moral.

– Vous nous expliquez ainsi pourquoi l'homme d'état est si rare en France, dit le vieux lord Dudley.

– Au point de vue sentimental, ceci est horrible, reprit le ministre. Aussi, quand ce phénomène a lieu chez un jeune homme... (Richelieu, qui, averti du danger de Concini par une lettre, la veille, dormit jusqu'à midi, quand on devait tuer son bienfaiteur à dix heures), un jeune homme, Pitt ou Napoléon, si vous voulez, est-il une monstruosité ? Je suis devenu ce monstre de très-bonne heure, et grâce à une femme.

– Je croyais, dit madame d'Espard en souriant, que nous défaisions beaucoup plus de politiques que nous n'en faisions.

– Le monstre de qui je vous parle n'est un monstre que parce qu'il vous résiste, répondit le conteur en faisant une ironique inclination de tête.

– S'il s'agit d'une aventure d'amour, dit la baronne de Nucingen, je demande qu'on ne la coupe par aucune réflexion.

– La réflexion y est si contraire ! s'écria Blondet.

– J'avais dix-sept ans, reprit de Marsay, la Restauration allait se raffermir ; mes vieux amis savent combien alors j'étais impétueux et bouillant ; j'aimais pour la première fois, et, je puis aujourd'hui le dire, j'étais un des plus jolis jeunes gens de Paris : j'avais la beauté, la jeunesse, deux avantages dus au hasard et dont nous sommes fiers comme d'une conquête. Je suis forcé de me taire sur le reste. Comme tous les jeunes gens, j'aimais une femme de six ans plus âgée que moi. Personne de vous, dit-il en faisant par un regard le tour de la table, ne peut se douter de son nom ni la reconnaître. Ronquerolles, dans ce temps, a seul pénétré mon secret, il l'a bien gardé, j'aurais craint son sourire ; mais, il est parti, dit le ministre en regardant autour de lui.

– Il n'a pas voulu souper, dit madame d'Espard.

– Depuis six mois, possédé par mon amour, incapable de soupçonner que ma passion me maîtrisait, reprit le premier ministre, je me livrais à ces adorables divinisations qui sont et le triomphe et le fragile bonheur de la jeunesse. Je gardais *ses* vieux gants, je buvais en infusion les fleurs qu'*elle* avait portées, je me relevais la nuit pour aller voir *ses* fenêtres. Tout mon sang se portait au cœur en respirant le parfum qu'*elle* avait adopté. J'étais à mille lieues de reconnaître que les femmes sont des poêles à dessus de marbre.

– Oh ! faites-nous grâce de vos horribles sentences ? dit madame de l'Estorade en souriant.

– J'aurais foudroyé, je crois, de mon mépris le philosophe qui a publié cette terrible pensée d'une profonde justesse, reprit de Marsay. Vous êtes tous trop spirituels pour que je vous en dise davantage. Ce peu de mots vous rappellera vos propres folies. Grande dame s'il en fut jamais, et veuve sans enfants (oh ! tout y était !), mon idole s'était enfermée pour marquer elle-même mon linge avec ses cheveux, enfin, elle répondait à mes folies par d'autres folies. Ainsi, comment ne pas croire à la passion quand elle est garantie par la folie ? Nous avions mis l'un et l'autre tout notre esprit à cacher un si complet et si bel amour aux yeux du monde ; et nous y réussissions. Aussi, quel charme nos escapades n'avaient-elles pas ? D'elle, je ne vous dirai rien : alors parfaite, elle passe encore aujourd'hui pour une des belles femmes de Paris ; mais alors on se serait fait tuer pour obtenir un de ses regards. Elle était restée dans une situation de fortune satisfaisante pour une femme adorée et qui aimait, mais que la Restauration, à laquelle elle devait un lustre nouveau, rendait peu convenable relativement à son nom. Dans ma situation, j'avais la fatuité de ne pas concevoir un soupçon. Quoique ma jalousie fût alors d'une puissance de cent vingt Othello, ce sentiment terrible sommeillait en moi comme l'or dans sa pépite. Je me serais fait donner des coups de bâton par mon domestique si j'avais eu la lâcheté de mettre en question la pureté de cet ange si frêle et si fort, si blond et si naïf, pur, candide, et dont l'œil bleu ne se laissait pénétrer à fond de cœur, avec une adorable soumission par mon regard. Jamais la moindre hésitation dans la pose, dans le regard ou la parole ; toujours blanche, fraîche, et prête au bien-aimé comme le lys oriental du *Cantique des Cantiques* !... Ah ! mes amis ! s'écria douloureusement le ministre redevenu jeune homme, il faut se heurter bien durement la tête au dessus de marbre pour dissiper cette poésie !

Ce cri naturel, qui eut de l'écho chez les convives, piqua leur curiosité déjà si savamment excitée.

— Tous les matins, monté sur ce beau Sultan que vous m'aviez envoyé d'Angleterre, dit-il à lord Dudley, je passais le long de sa calèche dont les chevaux allaient exprès au pas, et je voyais le mot d'ordre écrit en fleurs dans son bouquet pour le cas où nous ne pourrions rapidement échanger une phrase. Quoique nous nous vissions à peu près tous les soirs dans le monde et qu'elle m'écrivît tous les jours, nous avions adopté, pour tromper les regards et déjouer les observations une manière d'être. Ne pas se regarder, s'éviter, dire du mal l'un de l'autre ; s'admirer et se vanter, ou se poser en amoureux dédaigné ; tous ces vieux manéges ne valent pas de part et d'autre, une fausse passion avouée pour une personne indifférente, et un air d'indifférence pour la véritable idole. Si deux amants veulent jouer ce jeu, le monde en sera toujours la dupe ; mais ils doivent être alors bien sûrs l'un de l'autre. Son plastron, à elle, était un homme en faveur, un homme de cour, froid et dévot qu'elle ne recevait point chez elle. Cette comédie se donnait au profit des sots et des salons qui en riaient. Il n'était point question de mariage entre nous : six ans de différence pouvaient la préoccuper ; elle ne savait rien de ma fortune que, par principe, j'ai toujours cachée. Quant à moi, charmé de son esprit, de ses manières, de l'étendue de ses connaissances, de sa science du monde, je l'eusse épousée sans réflexion. Néanmoins cette réserve me plaisait. Si, la première, elle m'eût parlé mariage d'une certaine façon, peut-être eussé-je trouvé de la vulgarité dans cette âme accomplie. Six mois pleins et entiers, un diamant de la plus belle eau ! voilà ma part d'amour en ce bas monde. Un matin, pris par cette fièvre de courbature que donne un rhume à son début, j'écris un mot pour remettre une de ces fêtes secrètes enfouies sous les toits de Paris comme des perles dans la mer. Une fois la lettre envoyée, un remords me prend : elle ne me croira pas malade ! pensé-je. Elle faisait la jalouse et la soupçonneuse. Quand la jalousie est vraie, dit de Marsay en s'interrompant, elle est le signe évident d'un amour unique...

– Pourquoi ? demanda vivement la princesse de Cadignan.

– L'amour unique et vrai, dit de Marsay, produit une sorte d'apathie corporelle en harmonie avec la contemplation dans laquelle on tombe. L'esprit complique tout alors, il se travaille lui-même, se dessine des fantaisies, en fait des réalités, des tourments ; et cette jalousie est aussi charmante que gênante.

Un ministre étranger sourit en se rappelant, à la clarté d'un souvenir, la vérité de cette observation.

— D'ailleurs, me disais-je, comment perdre un bonheur ? fit de Marsay en reprenant son récit. Ne valait-il pas mieux venir enfiévré ? Puis, me sachant malade, je la crois capable d'accourir et de se compromettre. Je fais un effort, j'écris une seconde lettre, je la porte moi-même, car mon homme de confiance n'était plus là. Nous étions séparés par la rivière, j'avais Paris à traverser ; mais enfin, à une distance convenable de son hôtel, j'avise un commissionnaire, je lui recommande de faire monter la lettre aussitôt, et j'ai la belle idée de passer en fiacre devant sa porte pour voir si, par hasard, elle ne recevra pas les deux billets à la fois. Au moment où j'arrive, à deux heures, la grande porte s'ouvrait pour laisser entrer la voiture de qui ?... du plastron ! Il y a quinze ans de cela... eh ! bien, en vous en parlant, l'orateur épuisé, le ministre desséché au contact des affaires publiques sent encore un bouillonnement dans son cœur et une chaleur à son diaphragme. Au bout d'une heure, je repasse : la voiture était encore dans la cour ! Mon mot restait sans doute chez le concierge. Enfin, à trois heures et demie, la voiture partit, je pus étudier la physionomie de mon rival : il était grave, il ne souriait point ; mais il aimait, et sans doute il s'agissait de quelque affaire. Je vais au rendez-vous, la reine de mon cœur y vient, je la trouve calme, pure et sereine. Ici, je dois vous avouer que j'ai toujours trouvé Othello non-seulement stupide, mais de mauvais goût. Un homme à moitié nègre est seul capable de se conduire ainsi. Shakspeare l'a bien senti d'ailleurs en intitulant sa pièce le *More de Venise*. L'aspect de la femme aimée a quelque chose de si balsamique pour le cœur, qu'il doit dissiper la douleur, les doutes, les chagrins : toute ma colère tomba, je retrouvai mon sourire. Ainsi cette contenance qui, à mon âge, eût été la plus horrible dissimulation, fut un effet de ma jeunesse et de mon amour. Une fois ma jalousie enterrée, j'eus la puissance d'observer. Mon état maladif était visible, les doutes horribles qui m'avaient travaillé l'augmentaient encore.

Enfin, je trouvai un joint pour glisser ces mots : – Vous n'aviez personne ce matin chez vous ? en me fondant sur l'inquiétude où m'avait jeté la crainte qu'elle ne disposât de sa matinée d'après mon premier billet. – Ah ! dit-elle, il faut être homme pour avoir de pareilles idées ! Moi, penser à autre chose qu'à tes souffrances ? Jusqu'au moment où le second billet est venu, je n'ai fait que chercher les moyens de t'aller voir. – Et tu es restée seule ? – Seule, dit-elle en me regardant avec une si parfaite attitude d'innocence, que ce fut défié par un air de ce genre-là que le More a dû tuer Desdémona. Comme elle occupait à elle seule son hôtel, ce mot était un affreux mensonge. Un seul mensonge détruit cette confiance absolue qui, pour certaines âmes, est le fond même de l'amour. Pour vous exprimer ce qui se fit en moi dans ce moment, il faudrait admettre que nous avons un être intérieur dont le *nous* visible est le fourreau, que cet être, brillant comme une lumière, est délicat comme une ombre... eh ! bien, ce beau *moi* fut alors vêtu pour toujours d'un crêpe. Oui, je sentis une main froide et décharnée me passer le suaire de l'expérience, m'imposer le deuil éternel que met en notre âme une première trahison. En baissant les yeux pour ne pas lui laisser remarquer mon éblouissement, cette pensée orgueilleuse me rendit un peu de force : – Si elle te trompe, elle est indigne de toi ! Je mis ma rougeur subite et quelques larmes qui me vinrent aux yeux sur un redoublement de douleur, et la douce créature voulut me reconduire jusque chez moi, les stores du fiacre baissés. Pendant le chemin, elle fut d'une sollicitude et d'une tendresse qui eussent trompé ce même More de Venise que je prends pour point de comparaison. En effet, si ce grand enfant hésite deux secondes encore, tout spectateur intelligent devine qu'il va demander pardon à Desdémona. Aussi, tuer une femme, est-ce un acte d'enfant ! Elle pleura en me quittant, tant elle était malheureuse de ne pouvoir me soigner elle-même. Elle souhaitait être mon valet de chambre, dont le bonheur était pour elle un sujet de jalousie, et tout cela rédigé, oh ! mais comme l'eût écrit Clarisse heureuse. Il y a toujours un fameux singe dans la plus jolie et la plus angélique des femmes !

À ce mot, toutes les femmes baissèrent les yeux comme blessées par cette cruelle vérité, si cruellement formulée.

— Je ne vous dis rien ni de la nuit, ni de la semaine que j'ai passée, reprit de Marsay, je me suis reconnu homme d'état.

Ce mot fut si bien dit que nous laissâmes tous échapper un geste d'admiration.

— En repassant avec un esprit infernal les véritables cruelles vengeances qu'on peut tirer d'une femme, dit de Marsay en continuant (et, comme nous nous aimions, il y en avait de terribles, d'irréparables), je me méprisais, je me sentais vulgaire, je formulais insensiblement un code horrible, celui de l'indulgence. Se venger d'une femme, n'est-ce pas reconnaître qu'il n'y en a qu'une pour nous, que nous ne saurions nous passer d'elle ? et alors la vengeance est-elle le moyen de la reconquérir ? Si elle ne nous est pas indispensable, s'il y en a d'autres, pourquoi ne pas lui laisser le droit de changer que nous nous arrogeons ? Ceci, bien entendu, ne s'applique qu'à la passion ; autrement, ce serait anti-social, et rien ne prouve mieux la nécessité d'un mariage indissoluble que l'instabilité de la passion. Les deux sexes doivent être enchaînés comme des bêtes féroces qu'ils sont, dans des lois fatales sourdes et muettes. Supprimez la vengeance, la trahison n'est plus rien en amour. Ceux qui croient qu'il n'existe qu'une seule femme dans le monde pour eux, ceux-là doivent être pour la vengeance, et alors il n'y en a qu'une, celle d'Othello. Voici la mienne.

Ce mot détermina parmi nous tous ce mouvement imperceptible que les journalistes peignent ainsi dans les discours parlementaires : (profonde sensation).

— Guéri de mon rhume et de l'amour pur, absolu, divin, je me laissai aller à une aventure dont l'héroïne était charmante, et d'un genre de beauté tout opposé à celui de mon ange trompeur. Je me gardai bien de rompre avec cette femme si forte et si bonne comédienne, car je ne sais pas si le véritable amour donne d'aussi gracieuses jouissances qu'en prodigue une si savante tromperie. Une pareille hypocrisie vaut la vertu (je ne dis pas cela pour vous autres Anglaises, milady, s'écria doucement le ministre, en s'adressant à lady Barimore, fille de lord Dudley). Enfin, je tâchai d'être le même amoureux. J'eus à faire travailler, pour mon nouvel ange, quelques mèches de mes cheveux, et j'allai chez un habile artiste qui, dans ce temps, demeurait rue Boucher. Cet homme avait le monopole des présents capillaires, et je donne son adresse pour ceux qui n'ont pas beaucoup de cheveux : il en a de tous les genres et de toutes les couleurs. Après s'être fait expliquer ma commande, il me montra ses ouvrages. Je vis alors des œuvres de patience qui surpassent ce que les contes attribuent aux fées et ce que font les forçats. Il me mit au courant des caprices et des modes qui régissaient la partie des cheveux. — Depuis un an, me dit-il, on a eu la fureur de marquer le linge en cheveux ; et, heureusement, j'avais de belles collections de cheveux et d'excellentes ouvrières. En entendant ces mots, je suis atteint par un soupçon, je tire mon mouchoir, et lui dis : — En sorte que ceci s'est fait chez vous, avec de faux cheveux ? Il regarda mon mouchoir, et dit : — Oh ! cette dame était bien difficile, elle a voulu vérifier la nuance de ses cheveux. Ma femme a marqué ces mouchoirs-là elle-même. Vous avez là, monsieur, une des plus belles choses qui se soient exécutées. Avant ce dernier trait de lumière, j'aurais cru à quelque chose, j'aurais fait attention à la parole d'une femme. Je sortis ayant foi dans le plaisir, mais, en fait d'amour, je devins athée comme un mathématicien. Deux mois après, j'étais assis auprès de la femme éthérée, dans son boudoir, sur son divan. Je tenais l'une de ses mains, elle les avait fort belles, et nous gravissions les Alpes du sentiment, cueillant les plus jolies fleurs, effeuillant des marguerites (il y a toujours un moment où l'on effeuille des marguerites, même quand on est dans un salon et qu'on n'a pas de marguerites)... Au plus fort de la tendresse, et quand on s'aime le mieux, l'amour a si bien la conscience de son peu de durée, qu'on éprouve un invincible besoin de se demander : « M'aimes-tu ? m'aimeras-tu toujours ? » Je saisis ce moment élégiaque, si tiède, si fleuri, si épanoui, pour lui faire dire ses plus beaux mensonges dans le ravissant langage de ces exagérations spirituelles, et de cette poésie gasconne particulières à l'amour. Elle étala la fine fleur de ses tromperies : elle ne pouvait pas vivre sans moi, j'étais le seul homme qu'il y eût pour elle au monde, elle avait peur de m'ennuyer parce que ma présence lui ôtait tout son esprit ; près de moi, ses facultés devenaient tout amour ; elle était d'ailleurs trop tendre pour ne pas avoir des craintes ; elle cherchait depuis six mois le moyen de m'attacher éternellement et il n'y avait que Dieu qui connaissait ce secret-là ; enfin elle faisait de moi son dieu !...

Les femmes qui entendaient alors de Marsay parurent offensées en se voyant si bien jouées, car il accompagna ces mots par des mines, par des poses de tête et des minauderies qui faisaient illusion.

— Au moment où j'allais croire à ces adorables faussetés, lui tenant toujours sa main moite dans la mienne, je lui dis : — Quand épouses-tu le duc ?... Ce coup de pointe était si direct, mon regard si bien affronté avec le sien, et sa main si doucement posée dans la mienne, que son tressaillement, si léger qu'il fût, ne put être entièrement dissimulé ; son regard fléchit sous le mien, une faible rougeur nuança ses joues : — Le duc ! Que voulez-vous dire ? répondit-elle en feignant un profond étonnement. — Je sais tout, repris-je ; et, dans mon opinion, vous ne devez plus tarder : il est riche, il est duc ; mais il est plus que dévot, il est religieux ! Aussi suis-je certain que vous m'avez été fidèle, grâce à ses scrupules. Vous ne sauriez croire combien il est urgent pour vous de le compromettre vis-à-vis de lui-même et de Dieu ; sans cela, vous n'en finiriez jamais. — Est-ce un rêve ? dit-elle en faisant sur ses cheveux au-dessus du front, quinze ans avant la Malibran, le si célèbre geste de la Malibran.

– Allons, ne fais pas l'enfant, mon ange, lui dis-je en voulant lui prendre les mains. Mais elle se croisa les mains sur la taille avec un petit air prude et courroucé. – Épousez-le, je vous le permets, repris-je en répondant à son geste par le *vous* de salon. Il y a mieux, je vous y engage. – Mais, dit-elle en tombant à mes genoux, il y a quelque horrible méprise : je n'aime que toi dans le monde ; tu peux m'en demander les preuves que tu voudras. – Relevez-vous, ma chère, et faites-moi l'honneur d'être franche. – Comme avec Dieu. – Doutez-vous de mon amour ? – Non. – De ma fidélité ? – Non. – Eh ! bien, j'ai commis le plus grand des crimes, repris-je, j'ai douté de votre amour et de votre fidélité. Entre deux ivresses, je me suis mis à regarder tranquillement autour de moi. – Tranquillement ! s'écria-t-elle en soupirant. En voilà bien assez. Henri, vous ne m'aimez plus. Elle avait déjà trouvé, comme vous le voyez, une porte pour s'évader. Dans ces sortes de scènes un adverbe est bien dangereux. Mais heureusement la curiosité lui fit ajouter : – Et qu'avez-vous vu ? Ai-je jamais parlé au duc autrement que dans le monde ? avez-vous surpris dans mes yeux... ? – Non, dis-je ; mais dans les siens. Et vous m'avez fait aller huit fois à Saint-Thomas-d'Aquin vous voir entendant la même messe que lui. – Ah ! s'écria-t-elle enfin, je vous ai donc rendu jaloux. – Oh ! je voudrais bien l'être, lui dis-je en admirant la souplesse de cette vive intelligence et ces tours d'acrobate qui ne réussissent que devant des aveugles. Mais, à force d'aller à l'église, je suis devenu très-incrédule. Le jour de mon premier rhume et de votre première tromperie, quand vous m'avez cru au lit, vous avez reçu le duc, et vous m'avez dit n'avoir vu personne. – Savez-vous que votre conduite est infâme ? – En quoi ? Je trouve que votre mariage avec le duc est une excellente affaire : il vous donne un beau nom, la seule position qui vous convienne, une situation brillante, honorable. Vous serez l'une des reines de Paris. J'aurais des torts envers vous si je mettais un obstacle à cet arrangement, à cette vie honorable, à cette superbe alliance. Ah ! quelque jour, Charlotte, vous me rendrez justice en découvrant combien mon caractère est différent de celui des autres jeunes gens... vous alliez être forcée de me tromper... Oui, vous eussiez été très-embarrassée de rompre avec moi, car il vous épie. Il est temps de nous séparer, le duc est d'une vertu sévère. Il faut que vous deveniez prude, je vous le conseille. Le duc est vain, il sera fier de sa femme. — Ah ! me dit-elle en fondant en larmes, Henri, si tu avais parlé ! oui, si tu l'avais voulu (j'avais tort, comprenez-vous ?), nous fussions allés vivre toute notre vie dans un coin, mariés, heureux, à la face du monde. — Enfin, il est trop tard, repris-je en lui baisant les mains et prenant un petit air de victime. — Mon Dieu ! mais je puis tout défaire, reprit-elle. — Non, vous êtes trop avancée avec le duc. Je dois même faire un voyage pour nous mieux séparer. Nous aurions à craindre l'un et l'autre notre propre amour... — Croyez-vous, Henri, que le duc ait des soupçons ? J'étais encore Henri, mais j'avais toujours perdu le *tu*. — Je ne le pense pas, répondis-je en prenant les manières et le ton d'un *ami* ; mais soyez tout à fait dévote, réconciliez-vous avec Dieu, car le duc attend des preuves, il hésite, et il faut le décider. Elle se leva, fit deux fois le tour de son boudoir dans une agitation véritable ou feinte ; puis elle trouva sans doute une pose et un regard en harmonie avec cette situation nouvelle, car elle s'arrêta devant moi, me tendit la main et me dit d'un son de voix ému : — Eh ! bien, Henri, vous êtes un loyal, un noble et charmant homme : je ne vous oublierai jamais. Ce fut d'une admirable stratégie. Elle fut ravissante dans cette transition, nécessaire à la situation dans laquelle elle voulait se mettre vis-à-vis de moi. Je pris l'attitude, les manières et le regard d'un homme si profondément affligé que je vis sa dignité trop récente mollir ; elle me regarda, me prit par la main, m'attira, me jeta presque, mais doucement, sur le divan, et me dit après un moment de silence : — Je suis profondément triste, mon enfant. Vous m'aimez ? — Oh ! oui. — Eh ! bien, qu'allez-vous devenir ?

Ici, toutes les femmes échangèrent un regard.

– Si j'ai souffert encore en me rappelant sa trahison, je ris encore de l'air d'intime conviction de douce satisfaction intérieure qu'elle avait, sinon de ma mort, du moins d'une mélancolie éternelle, reprit de Marsay. Oh ! ne riez pas encore, dit-il aux convives, il y a mieux. Je la regardai très-amoureusement après une pause, et lui dis : – Oui, voilà ce que je me suis demandé. – Eh ! bien, que ferez-vous ? – Je me le suis demandé le lendemain de mon rhume. – Et... ? dit-elle avec une visible inquiétude. – Et je me suis mis en mesure auprès de cette petite dame à qui j'étais censé faire la cour. Charlotte se dressa de dessus le divan comme une biche surprise, trembla comme une feuille, me jeta l'un de ces regards dans lesquels les femmes oublient toute leur dignité, toute leur pudeur, leur finesse, leur grâce même, l'étincelant regard de la vipère poursuivie, forcée dans son coin, et me dit : – Et moi qui l'aimais ! moi qui combattais ! moi qui... Elle fit sur la troisième idée, que je vous laisse à deviner, le plus beau point d'orgue que j'aie entendu. – Mon Dieu ! s'écria-t-elle, sommes-nous malheureuses ? nous ne pouvons jamais être aimées. Il n'y a jamais rien de sérieux pour vous dans les sentiments les plus purs. Mais, allez, quand vous friponnez, vous êtes encore nos dupes. – Je le vois bien, dis-je d'un air contrit. Vous avez beaucoup trop d'esprit dans votre colère pour que votre cœur en souffre. Cette modeste épigramme redoubla sa fureur, elle trouva des larmes de dépit. – Vous me déshonorez le monde et la vie, dit-elle, vous m'enlevez toutes mes illusions, vous me dépravez le cœur. Elle me dit tout ce que j'avais le droit de lui dire avec une simplicité d'effronterie, avec une témérité naïve qui certes eussent cloué sur place un autre homme que moi. – Qu'allons-nous être, pauvres femmes, dans la société que nous fait la Charte de Louis XVIII !... (Jugez jusqu'où l'avait entraînée sa phraséologie.) – Oui, nous sommes nées pour souffrir. En fait de passion, nous sommes toujours au-dessus et vous au-dessous de la loyauté. Vous n'avez rien d'honnête au cœur. Pour vous l'amour est un jeu où vous trichez toujours. – Chère, lui dis-je, prendre quelque chose au sérieux dans la société actuelle, ce serait filer le parfait amour avec une actrice. – Quelle infâme trahison ! elle a été raisonnée... – Non, raisonnable. – Adieu, monsieur de Marsay, dit-elle, vous m'avez horriblement trompée... – Madame la duchesse, répondis-je en prenant une attitude soumise, se souviendra-t-elle donc des injures de Charlotte ? – Certes, dit-elle d'un ton amer. – Ainsi, vous me détestez ? Elle inclina la tête, et je me dis en moi-même : Il y a de la ressource ! Je partis sur un sentiment qui lui laissait croire qu'elle avait quelque chose à venger. Eh ! bien, mes amis, j'ai beaucoup étudié la vie des hommes qui ont eu des succès auprès des femmes, mais je ne crois pas que ni le maréchal de Richelieu, ni Lauzun, ni Louis de Valois aient jamais fait, pour la première fois, une si savante retraite. Quant à mon esprit et à mon cœur, ils se sont formés là pour toujours, et l'empire qu'alors j'ai su conquérir sur les mouvements irréfléchis qui nous font faire tant de sottises, m'a donné ce beau sang-froid que vous connaissez.

– Combien je plains la seconde ! dit la baronne de Nucingen.

Un sourire imperceptible, qui vint effleurer les lèvres pâles de de Marsay, fit rougir Delphine de Nucingen.

– *Gomme on ouplie !* s'écria le baron de Nucingen.

La naïveté du célèbre banquier eut un tel succès que sa femme, qui fut cette *seconde* de de Marsay, ne put s'empêcher de rire comme tout le monde.

– Vous êtes tous disposés à condamner cette femme, dit lady Dudley, eh ! bien, je comprends comment elle ne considérait pas son mariage comme une inconstance ! Les hommes ne veulent jamais distinguer entre la constance et la fidélité. Je connais la femme de qui monsieur de Marsay nous a conté l'histoire, et c'est une de vos dernières grandes dames !...

– Hélas ! milady, vous avez raison, reprit de Marsay. Depuis cinquante ans bientôt nous assistons à la ruine continue de toutes les distinctions sociales, nous aurions dû sauver les femmes de ce grand naufrage, mais le Code civil a passé sur leurs têtes le niveau de ses articles. Quelque terribles que soient ces paroles, disons-les : les duchesses s'en vont, et les marquises aussi ! Quant aux baronnes, j'en demande pardon à madame de Nucingen, qui se fera comtesse quand son mari deviendra pair de France, les baronnes n'ont jamais pu se faire prendre au sérieux.

– L'aristocratie commence à la vicomtesse, dit Blondet en souriant.

– Les comtesses resteront, reprit de Marsay. Une femme élégante sera plus ou moins comtesse, comtesse de l'empire ou d'hier, comtesse de vieille roche, ou, comme on dit en italien, comtesse de politesse. Mais quant à la grande dame, elle est morte avec l'entourage grandiose du dernier siècle, avec la poudre, les mouches, les mules à talons, les corsets busqués ornés d'un delta de nœuds en rubans. Les duchesses aujourd'hui passent par les portes sans qu'il soit besoin de les faire élargir pour leurs paniers. Enfin, l'Empire a vu les dernières robes à queue ! Je suis encore à comprendre comment le souverain qui voulait faire balayer sa cour par le satin ou le velours des robes ducales n'a pas établi pour certaines familles le droit d'aînesse par d'indestructibles lois. Napoléon n'a pas deviné les effets de ce Code qui le rendait si fier. Cet homme, en créant ses duchesses, engendrait nos *femmes comme il faut* d'aujourd'hui, le produit médiat de sa législation.

– La pensée, prise comme un marteau et par l'enfant qui sort du collége et par le journaliste obscur, a démoli les magnificences de l'état social, dit le marquis de Vandenesse. Aujourd'hui, tout drôle qui peut convenablement soutenir sa tête sur un col, couvrir sa puissante poitrine d'homme d'une demi-aune de satin en forme de cuirasse, montrer un front où reluise un génie apocryphe sous des cheveux bouclés, se dandiner sur deux escarpins vernis ornés de chaussettes en soie qui coûtent six francs, tient son lorgnon dans une de ses arcades sourcilières en plissant le haut de sa joue, et, fût-il clerc d'avoué, fils d'entrepreneur ou bâtard de banquier, il toise impertinemment la plus jolie duchesse, l'évalue quand elle descend l'escalier d'un théâtre, et dit à son ami habillé par Buisson, chez qui nous nous habillons tous, et monté sur vernis comme le premier duc venu : – Voilà, mon cher, une femme comme il faut.

– Vous n'avez pas su, dit lord Dudley, devenir un parti, vous n'aurez pas de politique d'ici long-temps. En France, vous parlez beaucoup d'organiser le Travail et vous n'avez pas encore organisé la Propriété. Voici donc ce qui vous arrive : Un duc quelconque (il s'en rencontrait encore sous Louis XVIII ou sous Charles X qui possédaient deux cent mille livres de rente, un magnifique hôtel, un domestique somptueux), ce duc pouvait se conduire en grand seigneur. Le dernier de ces grands seigneurs français est le prince de Talleyrand. Ce duc laisse quatre en-fants, dont deux filles. En supposant beaucoup de bonheur dans la manière dont il les a mariés tous, chacun de ses hoirs n'a plus que soixante ou quatre-vingt mille livres de rente aujourd'hui ; chacun d'eux est père ou mère de plusieurs enfants, consé-quemment obligé de vivre dans un appartement, au rez-de-chaussée ou au premier étage d'une maison avec la plus grande économie ; qui sait même s'ils ne quêtent pas une fortune ? Dès lors la femme du fils aîné, qui n'est duchesse que de nom, n'a ni sa voiture, ni ses gens, ni sa loge, ni son temps à elle ; elle n'a ni son appartement dans son hôtel, ni sa fortune, ni ses babioles ; elle est enterrée dans le mariage comme une femme de la rue Saint-Denis l'est dans son commerce, elle achète les bas de ses chers petits enfants, les nourrit et surveille ses filles qu'elle ne met plus au couvent. Vos femmes les plus nobles sont ainsi de-venues d'estimables couveuses.

– Hélas ! oui, dit Blondet. Notre époque n'a plus ces belles fleurs féminines qui ont orné les grands siècles de la Monarchie française. L'éventail de la grande dame est brisé. La femme n'a plus à rougir, à médire, à chuchoter, à se cacher, à se montrer. L'éventail ne sert plus qu'à s'éventer. Quand une chose n'est plus que ce qu'elle est, elle est trop utile pour appartenir au luxe.

– Tout en France a été complice de la femme comme il faut, dit madame d'Espard. L'aristocratie y a consenti par sa retraite au fond de ses terres où elle est allée se cacher pour mourir, émigrant à l'intérieur devant les idées, comme jadis à l'étranger devant les masses populaires. Les femmes qui pouvaient fonder des salons européens, commander l'opinion, la retourner comme un gant, dominer le monde en dominant les hommes d'art ou de pensée qui devaient le dominer, ont commis la faute d'abandonner le terrain, honteuses d'avoir à lutter avec une bourgeoisie enivrée de pouvoir et débouchant sur la scène du monde pour s'y faire peut-être hacher en morceaux par les barbares qui la talonnent. Aussi, là où les bourgeois veulent voir des princesses, n'aperçoit-on que des jeunes personnes comme il faut. Aujourd'hui les princes ne trouvent plus de grandes dames à compromettre, ils ne peuvent même plus illustrer une femme prise au hasard. Le duc de Bourbon est le dernier prince qui ait usé de ce privilége.

– Et Dieu sait seul ce qu'il lui en coûte ! dit lord Dudley.

– Aujourd'hui, les princes ont des femmes comme il faut, obligées de payer en commun leur loge avec des amies, et que la faveur royale ne grandirait pas d'une ligne, qui filent sans éclat entre les eaux de la bourgeoisie et celles de la noblesse, ni tout à fait nobles, ni tout à fait bourgeoises, dit amèrement la comtesse de Montcornet.

– La Presse a hérité de la Femme, s'écria le marquis de Vandenesse. La femme n'a plus le mérite du feuilleton parlé, des délicieuses médisances ornées de beau langage. Nous lisons des feuilletons écrits dans un patois qui change tous les trois ans, de petits journaux plaisants comme des croque-morts, et légers comme le plomb de leurs caractères. Les conversations françaises se font en iroquois révolutionnaire d'un bout à l'autre de la France par de longues colonnes imprimées dans des hôtels où grince une presse à la place des cercles élégants qui y brillaient jadis.

– Le glas de la haute société sonne, entendez-vous ! dit un prince russe, et le premier coup est votre mot moderne de *femme comme il faut !*

– Vous avez raison, mon prince, dit de Marsay. Cette femme, sortie des rangs de la noblesse, ou poussée de la bourgeoisie, venue de tout terrain, même de la province, est l'expression du temps actuel, une dernière image du bon goût, de l'esprit, de la grâce, de la distinction réunis, mais amoindris. Nous ne verrons plus de grandes dames en France, mais il y aura pendant long-temps des femmes comme il faut, envoyées par l'opinion publique dans une haute chambre féminine, et qui seront pour le beau sexe ce qu'est le *gentleman* en Angleterre.

– Et ils appellent cela être en progrès ! dit mademoiselle des Touches, je voudrais savoir où est le progrès.

– Ah ! le voici, dit madame de Nucingen. Autrefois une femme pouvait avoir une voix de harengère, une démarche de grenadier, un front de courtisane audacieuse, les cheveux plantés en arrière, le pied gros, la main épaisse, elle était néanmoins une grande dame ; mais aujourd'hui, fût-elle une Montmorency, si les demoiselles de Montmorency pouvaient jamais être ainsi, elle ne serait pas une femme comme il faut.

– Mais, qu'entendez-vous par une femme comme il faut ? demanda naïvement le comte Adam Laginski.

– C'est une création moderne, un déplorable triomphe du système électif appliqué au beau sexe, dit le ministre. Chaque révolution a son mot, un mot où elle se résume et qui la peint.

– Vous avez raison, dit le prince russe qui était venu se faire une réputation littéraire à Paris. Expliquer certains mots ajoutés de siècle en siècle à votre belle langue, ce serait faire une magnifique histoire. Organiser, par exemple, est un mot de l'empire, et qui contient Napoléon tout entier.

– Tout cela ne me dit pas ce qu'est une femme comme il faut ?

– Eh ! bien, je vais vous l'expliquer, répondit Émile Blondet au jeune comte polonais. Par une jolie matinée, vous flânez dans Paris. Il est plus de deux heures, mais cinq heures ne sont pas sonnées. Vous voyez venir à vous une femme, le premier coup d'œil jeté sur elle est comme la préface d'un beau livre, il vous fait pressentir un monde de choses élégantes et fines. Comme le botaniste à travers monts et vaux de son herborisation, parmi les vulgarités parisiennes vous rencontrez enfin une fleur rare. Ou cette femme est accompagnée de deux hommes très-distingués dont un au moins est décoré, ou quelque domestique en petite tenue la suit à dix pas de distance. Elle ne porte ni couleurs éclatantes, ni bas à jours, ni boucle de ceinture trop travaillée, ni pantalons à manchettes brodées bouillonnant autour de sa cheville. Vous remarquez à ses pieds, soit des souliers de prunelle à cothurnes croisés sur un bas de coton d'une finesse excessive ou sur un bas de soie uni de couleur grise, soit des brodequins de la plus exquise simplicité. Une étoffe assez jolie et d'un prix médiocre vous fait distinguer sa robe, dont la façon surprend plus d'une bourgeoise : c'est presque toujours une redingote attachée par des nœuds, et mignonnement bordée d'une ganse ou d'un filet imperceptible. L'inconnue a une manière à elle de s'envelopper dans un châle ou dans une mante ; elle sait se prendre de la chute des reins au cou, en dessinant une sorte de carapace qui changerait une bourgeoise en tortue, mais sous laquelle elle vous indique les plus belles formes, tout en les voilant. Par quel moyen ? Ce secret, elle le garde sans être protégée par aucun brevet d'invention. Elle se donne par la marche un certain mouvement concentrique et harmonieux qui fait frissonner sous l'étoffe sa forme suave ou dangereuse, comme à midi la couleuvre sous la gaze verte de son herbe frémissante. Doit-elle à un ange ou à un diable cette ondulation gracieuse qui joue sous la longue chape de soie noire, en agite la dentelle au bord, répand un baume aérien, et que je nommerais volontiers la brise de la Parisienne ? Vous reconnaîtrez sur les bras, à la taille, autour du cou, une science de plis qui drape la plus rétive étoffe, de manière à vous rappeler la Mnémosyne antique. Ah ! comme elle entend, passez-moi cette expression, *la coupe de la démarche !* Examinez bien cette façon d'avancer le pied en moulant la robe avec une si décente précision, qu'elle excite chez le passant une admiration mêlée de désir, mais comprimée par un profond respect. Quand une Anglaise essaie de ce pas, elle a l'air d'un grenadier qui se porte en avant pour attaquer une redoute. À la femme de Paris le génie de la démarche ! Aussi la municipalité lui devait-elle l'asphalte des trottoirs. Cette inconnue ne heurte personne. Pour passer, elle attend avec une orgueilleuse modestie qu'on lui fasse place. La distinction particulière aux femmes bien élevées se trahit surtout par la manière dont elle tient le châle ou la mante croisés sur sa poitrine. Elle vous a, tout en marchant, un petit air digne et serein, comme les madones de Raphaël dans leur cadre. Sa pose, à la fois tranquille et dédaigneuse, oblige le plus insolent dandy à se déranger pour elle. Le chapeau, d'une simplicité remarquable, a des rubans frais. Peut-être y aura-t-il des fleurs, mais les plus habiles de ces femmes n'ont que des nœuds. La plume veut la voiture, les fleurs attirent trop le regard. Là-dessous vous voyez la figure fraîche et reposée d'une femme sûre d'elle-même sans fatuité, qui ne regarde rien et voit tout, dont la vanité blasée par une continuelle satisfaction répand sur sa physionomie une indifférence qui pique la curiosité. Elle sait qu'on l'étudie, elle sait que presque tous, même les femmes, se retournent pour la revoir. Aussi traverse-t-elle Paris comme un fil de la Vierge, blanche et pure. Celle belle espèce affectionne les latitudes les plus chaudes, les longitudes les plus propres de Paris ; vous la trouverez entre la 10e et la 110e arcade de la rue de Rivoli ; sous la Ligne des boulevards, depuis l'Équateur des Panoramas où fleurissent les productions des Indes, où s'épanouissent les plus chaudes créations de l'industrie, jusqu'au cap de la Madeleine ; dans les contrées les moins crottées de bourgeoisie, entre le 30e et le 150e numéro de la rue du Faubourg-Saint-Honoré. Durant l'hiver, elle se plaît sur la terrasse des Feuillants et point sur le trottoir en bitume qui la longe. Selon le temps, elle vole dans l'allée des Champs-Élysées, bordée à l'est par la place Louis XV, à l'ouest par l'avenue de Marigny, au midi par la chaussée, au nord par les jardins du faubourg Saint-Honoré. Jamais vous ne rencontrerez cette jolie variété de femme dans les régions hyperboréales de la rue Saint-Denis, jamais dans les Kamtschatka des rues boueuses, petites ou commerciales ; jamais nulle part par le mauvais temps. Ces fleurs de Paris éclosent par un temps oriental, parfument les promenades, et, passé cinq heures, se replient comme les belles-de-jour. Les femmes que vous verrez plus tard ayant un peu de leur air, essayant de les singer, sont des femmes *comme il en faut* ; tandis que la belle inconnue, votre Béatrix de la journée, est la femme *comme il faut*. Il n'est pas facile pour les étrangers, cher comte, de reconnaître les différences auxquelles les observateurs émérites les distinguent, tant la femme est comédienne, mais elles crèvent les yeux aux Parisiens : c'est des agrafes mal cachées, des cordons qui montrent leur lacis d'un blanc roux au dos de la robe par une fente entrebâillée, des souliers éraillés, des rubans de chapeau repassés, une robe trop bouffante, une tournure trop gommée. Vous remarquerez une sorte d'effort dans l'abaissement prémédité de la paupière. Il y a de la convention dans la pose. Quant à la bourgeoise, il est impossible de la confondre avec la femme comme il faut ; elle la fait admirablement ressortir, elle explique le charme que vous a jeté votre inconnue. La bourgeoise est affairée, sort par tous les temps, trotte, va, vient, regarde, ne sait pas si elle entrera, si elle n'entrera pas dans un magasin. Là où la femme comme il faut sait bien ce qu'elle veut et ce qu'elle fait, la bourgeoise est indécise, retrousse sa robe pour passer un ruisseau, traîne avec elle un enfant qui l'oblige à guetter les voitures ; elle est mère en public, et cause avec sa fille ; elle a de l'argent dans son cabas et des bas à jour aux pieds ; en hiver, elle a un boa par-dessus une pèlerine en fourrure, un châle et une écharpe en été : la bourgeoise entend admirablement les pléonasmes de toilette. Votre belle promeneuse, vous la retrouverez aux Italiens, à l'Opéra, dans un bal. Elle se montre alors sous un aspect si différent, que vous diriez deux créations sans analogie. La femme est sortie de ses vêtements mystérieux comme un papillon de sa larve soyeuse. Elle sert, comme une friandise, à vos yeux ravis les formes que le matin son corsage modelait à peine. Au théâtre, elle ne dépasse pas les secondes loges, excepté aux Italiens. Vous pourrez alors étudier à votre aise la savante lenteur de ses mouvements. L'adorable trompeuse use des petits artifices politiques de la femme avec un naturel qui exclut toute idée d'art et de préméditation. A-t-elle une main royalement belle, le plus fin croira qu'il était absolument nécessaire de rouler, de remonter ou d'écarter celle de ses *ringleets* ou de ses boucles qu'elle caresse. Si elle a quelque splendeur dans le profil, il vous paraîtra qu'elle donne de l'ironie ou de la grâce à ce qu'elle dit au voisin, en se posant de manière à produire ce magique effet de profil perdu, tant affectionné par les grands peintres, qui attire la lumière sur la joue, dessine le nez par une ligne nette, illumine le rose des narines, coupe le front à vive arête, laisse au regard sa paillette de feu, mais dirigée dans l'espace, et pique d'un trait de lumière la blanche rondeur du menton. Si elle a un joli pied, elle se jettera sur un divan avec la coquetterie d'une chatte au soleil, les pieds en avant, sans que vous trouviez à son attitude autre chose que le plus délicieux modèle donné par la lassitude à la statuaire. Il n'y a que la femme comme il faut pour être à l'aise dans sa toilette ; rien ne la gêne. Vous ne la surprendrez jamais, comme une bourgeoise, à remonter une épaulette récalcitrante, à faire descendre un busc insubordonné, à regarder si la gorgerette accomplit son office de gardien infidèle autour de deux trésors étincelant de blancheur, à se regarder dans les glaces pour savoir si la coiffure se maintient dans ses quartiers. Sa toilette est toujours en harmonie avec son caractère, elle a eu le temps de s'étudier, de décider ce qui lui va bien, car elle connaît depuis longtemps ce qui ne lui va pas. Vous ne la verrez pas à la sortie, elle disparaît avant la fin du spectacle. Si par hasard elle se montre calme et noble sur les marches rouges de l'escalier, elle éprouve alors des sentiments violents. Elle est là par ordre, elle a quelque regard furtif à donner, quelque promesse à recevoir. Peut-être descend-elle ainsi lentement pour satisfaire la vanité d'un esclave auquel elle obéit parfois. Si votre rencontre a lieu dans un bal ou dans une soirée, vous recueillerez le miel affecté ou naturel de sa voix rusée ; vous serez ravi de sa parole vide, mais à laquelle elle saura communiquer la valeur de la pensée par un manége inimitable.

— Pour être femme comme il faut, n'est-il pas nécessaire d'avoir de l'esprit, demanda le comte polonais.

— Il est impossible de l'être sans avoir beaucoup de goût, répondit madame d'Espard.

— Et en France, avoir du goût, c'est avoir plus que de l'esprit, dit le Russe.

— L'esprit de cette femme est le triomphe d'un art tout plastique, reprit Blondet. Vous ne saurez pas ce qu'elle a dit, mais vous serez charmé. Elle aura hoché la tête, ou gentiment haussé ses blanches épaules, elle aura doré une phrase insignifiante par le sourire d'une petite moue charmante, ou a mis l'épigramme de Voltaire dans un *hein !* dans un *ah !* dans un *et donc !* Un air de tête sera la plus active interrogation ; elle donnera de la signification au mouvement par lequel elle fait danser une cassolette attachée à son doigt par un anneau. C'est des grandeurs artificielles obtenues par des petitesses superlatives : elle a fait retomber noblement sa main en la suspendant au bras du fauteuil comme des gouttes de rosée à la marge d'une fleur, et tout a été dit, elle a rendu un jugement sans appel à émouvoir le plus insensible. Elle a su vous écouter, elle vous a procuré l'occasion d'être spirituel, et j'en appelle à votre modestie, ces moments-là sont rares.

L'air candide du jeune polonais à qui Blondet s'adressait, fit éclater de rire tous les convives.

– Vous ne causez pas une demie-heure avec une bourgeoise sans qu'elle fasse apparaître son mari sous une forme quelconque, reprit Blondet qui ne perdit rien de sa gravité ; mais si vous savez que votre femme comme il faut est mariée, elle a eu la délicatesse de si bien dissimuler son mari, qu'il vous faut un travail de Christophe Colomb pour le découvrir. Souvent vous n'y réussissez pas tout seul. Si vous n'avez pu questionner personne, à la fin de la soirée vous la surprenez à regarder fixement un homme entre deux âges et décoré, qui baisse la tête et sort. Elle a demandé sa voiture et part. Vous n'êtes pas la rose, mais vous avez été près d'elle, et vous vous couchez sous les lambris dorés d'un délicieux rêve qui se continuera peut-être lorsque le Sommeil aura, de son doigt pesant, ouvert les portes d'ivoire du temple des fantaisies. Chez elle, aucune femme comme il faut n'est visible avant quatre heures quand elle reçoit. Elle est assez savante pour vous faire toujours attendre. Vous trouverez tout de bon goût dans sa maison, son luxe est de tous les moments et se rafraîchit à propos ; vous ne verrez rien sous des cages de verre, ni les chiffons d'aucune enveloppe appendue comme un garde-manger. Vous aurez chaud dans l'escalier. Partout des fleurs égaieront vos regards ; les fleurs, seul présent qu'elle accepte, et de quelques personnes seulement : les bouquets ne vivent qu'un jour, donnent du plaisir et veulent être renouvelés ; pour elle, ils sont, comme en Orient, un symbole, une promesse. Les coûteuses bagatelles à la mode sont étalées, mais sans viser au musée ni à la boutique de curiosités. Vous la surprendrez au coin de son feu, sur sa causeuse, d'où elle vous saluera sans se lever. Sa conversation ne sera plus celle du bal. Ailleurs elle était votre créancière, chez elle son esprit vous doit du plaisir. Ces nuances, les femmes comme il faut les possèdent à merveille. Elle aime en vous un homme qui va grossir sa société, l'objet des soins et des inquiétudes se donnent aujourd'hui les femmes comme il faut. Aussi, pour vous fixer dans son salon, sera-t-elle d'une ravissante coquetterie. Vous sentez là surtout combien les femmes sont isolées aujourd'hui, pourquoi elles veulent avoir un petit monde à qui elles servent de constellation. La causerie est impossible sans généralités.

— Oui, dit de Marsay, tu saisis bien le défaut de notre époque. L'épigramme, ce livre en un mot, ne tombe plus, comme pendant le dix-huitième siècle, ni sur les personnes, ni sur les choses, mais sur des événements mesquins, et meurt avec la journée.

— Aussi l'esprit de la femme comme il faut, quand elle en a, reprit Blondet, consiste-t-il à mettre tout en doute, comme celui de la bourgeoise lui sert à tout affirmer. Là est la grande différence entre ces deux femmes : la bourgeoise a certainement de la vertu, la femme comme il faut ne sait pas si elle en a encore, ou si elle en aura toujours ; elle hésite et résiste là où l'autre refuse net pour tomber à plat. Cette hésitation en toute chose est une des dernières grâces que lui laisse notre horrible époque. Elle va rarement à l'église, mais elle parlera religion et voudra vous convertir si vous avez le bon goût de faire de l'esprit fort, car vous aurez ouvert une issue aux phrases stéréotypées, aux airs de tête et aux gestes convenus entre toutes ces femmes : — Ah ! fi donc ! je vous croyais trop d'esprit pour attaquer la reli-

gion ! La société croule et vous lui ôtez son soutien. Mais la religion, en ce moment, c'est vous et moi, c'est la propriété, c'est
l'avenir de nos enfants. Ah ! ne soyons pas égoïstes.
L'individualisme est la maladie de l'époque, et la religion en est
le seul remède, elle unit les familles que vos lois désunissent,
etc. Elle entame alors un discours néo-chrétien saupoudré
d'idées politiques, qui n'est ni catholique ni protestant, mais
moral, oh ! moral en diable, où vous reconnaissez une pièce de
chaque étoffe qu'ont tissue les doctrines modernes aux prises.

Les femmes ne purent s'empêcher de rire des minauderies
par lesquelles Émile illustrait ses railleries.

– Ce discours, cher comte Adam, dit Blondet en regardant
le Polonais, vous démontrera que la femme comme il faut ne
représente pas moins le gâchis intellectuel que le gâchis politique, de même qu'elle est entourée des brillants et peu solides
produits d'une industrie qui pense sans cesse à détruire ses
œuvres pour les remplacer. Vous sortirez de chez elle en vous
disant : Elle a décidément de la supériorité dans les idées ! Vous
le croirez d'autant plus qu'elle aura sondé votre cœur et votre
esprit d'une main délicate, elle vous aura demandé vos secrets ;
car la femme comme il faut paraît tout ignorer pour tout ap-
prendre ; il y a des choses qu'elle ne sait jamais, même quand
elle les sait. Seulement vous serez inquiet, vous ignorerez l'état
de son cœur. Autrefois les grandes dames aimaient avec af-
fiches, journal à la main et annonces ; aujourd'hui la femme
comme il faut a sa petite passion réglée comme un papier de
musique, avec ses croches, ses noires, ses blanches, ses soupirs,
ses points d'orgue, ses dièzes à la clef. Faible femme, elle ne veut
compromettre ni son amour, ni son mari, ni l'avenir de ses enfants. Aujourd'hui le nom, la position, la fortune ne sont plus
des pavillons assez respectés pour couvrir toutes les marchan-
dises à bord. L'aristocratie entière ne s'avance plus pour servir
de paravent à une femme en faute. La femme comme il faut n'a
donc point, comme la grande dame d'autrefois, une allure de

haute lutte, elle ne peut rien briser sous son pied, c'est elle qui serait brisée. Aussi est-elle la femme des jésuistiques *mezzo termine*, des plus louches tempéraments, des convenances gardées, des passions anonymes menées entre deux rives à brisants. Elle redoute ses domestiques comme une Anglaise qui a toujours en perspective le procès en criminelle conversation. Cette femme si libre au bal, si jolie à la promenade, est esclave au logis ; elle n'a d'indépendance qu'à huis clos, ou dans les idées. Elle veut rester femme comme il faut. Voilà son thème. Or, aujourd'hui, la femme quittée par son mari, réduite à une maigre pension, sans voiture, ni luxe, ni loges, sans les divins accessoires de la toilette, n'est plus ni femme, ni fille, ni bourgeoise ; elle est dissoute et devient une chose. Les carmélites ne veulent pas d'une femme mariée, il y aurait bigamie ; son amant en voudra-t-il toujours ? là est la question. La femme comme il faut peut donner lieu peut-être à la calomnie, jamais à la médisance.

— Tout cela est horriblement vrai, dit la princesse de Cadignan.

— Aussi, reprit Blondet, la femme comme il faut vit-elle entre l'hypocrisie anglaise et la gracieuse franchise du dix-huitième siècle ; système bâtard qui révèle un temps où rien de ce qui succède ne ressemble à ce qui s'en va, où les transitions ne mènent à rien, où il n'y a que des nuances, où les grandes figures s'effacent, où les distinctions sont purement personnelles. Dans ma conviction, il est impossible qu'une femme, fût-elle née aux environs du trône, acquière avant vingt-cinq ans la science encyclopédique des riens, la connaissance des manéges, les grandes petites choses, les musiques de voix et les harmonies de couleurs, les diableries angéliques et les innocentes roueries, le langage et le mutisme, le sérieux et les railleries, l'esprit et la bêtise, la diplomatie et l'ignorance, qui constituent la femme comme il faut.

– D'après le programme que vous venez de nous tracer, dit mademoiselle Des Touches à Émile Blondet, où classeriez-vous la femme-auteur ? Est-ce une femme comme il faut ?

– Quand elle n'a pas de génie, c'est une femme comme il n'en faut pas, répondit Émile Blondet en accompagnant sa réponse d'un regard fin qui pouvait passer pour un éloge adressé franchement à Camille Maupin. Cette opinion n'est pas de moi, mais de Napoléon, ajouta-t-il.

– Oh ! n'en voulez pas à Napoléon, dit Daniel d'Arthez en laissant échapper un geste naïf, ce fut une de ses petitesses d'être jaloux du génie littéraire, car il a eu des petitesses. Qui pourra jamais expliquer, peindre ou comprendre Napoléon ? Un homme qu'on représente les bras croisés, et qui a tout fait ! qui a été le plus beau pouvoir connu, le pouvoir le plus concentré, le plus mordant, le plus acide de tous les pouvoirs ; singulier génie qui a promené partout la civilisation armée sans la fixer nulle part ; un homme qui pouvait tout faire parce qu'il voulait tout ; prodigieux phénomène de volonté, domptant une maladie par une bataille, et qui cependant devait mourir de maladie dans son lit après avoir vécu au milieu des balles et des boulets ; un homme qui avait dans la tête un code et une épée, la parole et l'action ; esprit perspicace qui a tout deviné, excepté sa chute ; politique bizarre qui jouait les hommes à poignées par économie, et qui respecta trois têtes, celles de Talleyrand, de Pozzo di Borgo et de Metternich, diplomates dont la mort eût sauvé l'Empire français, et qui lui paraissaient peser plus que des milliers de soldats ; homme auquel, par un rare privilége, la nature avait laissé un cœur dans son corps de bronze ; homme rieur et bon à minuit entre des femmes, et, le matin, maniant l'Europe comme une jeune fille qui s'amuserait à fouetter l'eau de son bain ! Hypocrite et généreux, aimant le clinquant et simple, sans goût et protégeant les arts ; malgré ces antithèses, grand en tout par instinct ou par organisation ; César à vingt-cinq ans, Cromwell à trente ; puis, comme un épicier du Père La Chaise, bon père et bon époux. Enfin, il a improvisé des monuments, des empires, des rois, des codes, des vers, un roman, et le tout avec plus de portée que de justesse. N'a-t-il pas voulu faire de l'Europe la France ? Et, après nous avoir fait peser sur la terre de manière à changer les lois de la gravitation, il nous a laissés plus pauvres que le jour où il avait mis la main sur nous. Et lui, qui avait pris un empire avec son nom, perdit son nom au bord de son empire, dans une mer de sang et de soldats. Homme qui, tout pensée et tout action, comprenait Desaix et Fouché !

— Tout arbitraire et tout justice à propos, le vrai roi ! dit de Marsay.

— Ah ! quel *blézir te tichérer en fus égoudant*, dit le baron de Nucingen.

— Mais croyez-vous que ce que nous vous servons soit commun ? dit Blondet. S'il fallait payer les plaisirs de la conversation comme vous payez ceux de la danse ou de la musique, votre fortune n'y suffirait pas ! Il n'y a pas deux représentations pour le même trait d'esprit.

— Sommes-nous donc si réellement diminuées que ces messieurs le pensent ? dit la princesse de Cadignan en adressant aux femmes un sourire à la fois douteur et moqueur. Parce qu'aujourd'hui, sous un régime qui rapetisse toutes choses vous aimez les petits plats, les petits appartements, les petits tableaux, les petits articles, les petits journaux, les petits livres, est-ce à dire que les femmes seront aussi moins grandes ? Pourquoi le cœur humain changerait-il, parce que vous changez d'habit ? À toutes les époques les passions seront les mêmes. Je sais d'admirables dévouements, de sublimes souffrances auxquelles manque la publicité, la gloire si vous voulez, qui jadis illustrait les fautes de quelques femmes. Mais pour n'avoir pas sauvé un roi de France, on n'en est pas moins Agnès Sorel. Croyez-vous que notre chère marquise d'Espard ne vaille pas madame Doublet ou madame du Deffant, chez qui l'on disait tant de mal ? Taglioni ne vaut-elle pas Camargo ? Malibran n'est-elle pas égale à la Saint-Huberti ? nos poètes ne sont-ils pas supérieurs à ceux du dix-huitième siècle ? Si, dans ce moment, par la faute des épiciers qui gouvernent, nous n'avons pas de genre à nous, l'Empire n'a-t-il pas eu son cachet de même que le siècle de Louis XV, et sa splendeur ne fut-elle pas fabuleuse ? les sciences ont-elles perdu ? Pour moi, je trouve la fuite de la duchesse de Langeais, dit la princesse en regardant le général de Montriveau, tout aussi grande que la retraite de mademoiselle de La Vallière.

– Moins le roi, répondit le général ; mais je suis de votre avis, madame, les femmes de cette époque sont vraiment grandes. Quand la postérité sera venue pour moi, est-ce que madame Récamier n'aura pas des proportions plus belles que celles des femmes les plus célèbres des temps passés ? Nous avons fait tant d'histoire que les historiens manqueront ! Le siècle de Louis XIV n'a eu qu'une madame de Sévigné, nous en avons mille aujourd'hui dans Paris qui certes écrivent mieux qu'elle et qui ne publient pas leurs lettres. Que la femme française s'appelle *femme comme il faut* ou *grande dame*, elle sera toujours la femme par excellence. Émile Blondet nous a fait une peinture des agréments d'une femme d'aujourd'hui ; mais au besoin cette femme qui minaude, qui parade, qui gazouille les idées de messieurs tels et tels, serait héroïque ! Et, disons-le, vos fautes, mesdames, sont d'autant plus poétiques qu'elles seront toujours et en tout temps environnées des plus grands périls. J'ai beaucoup vu le monde, je l'ai peut-être observé trop tard ; mais, dans les circonstances où l'illégalité de vos sentiments pouvait être excusée, j'ai toujours remarqué les effets de je ne sais quel hasard, que vous pouvez appeler la Providence, accablant fatalement celles que nous nommons des femmes légères.

– Je l'espère, dit madame de Vandenesse, que nous pouvons être grandes autrement...

– Oh ! laissez le marquis de Montriveau nous prêcher, s'écria madame d'Espard.

– D'autant plus qu'il a beaucoup prêché d'exemple, dit la baronne de Nucingen.

– Ma foi, reprit le général, entre tous les drames, car vous vous servez beaucoup de ce mot-là, dit-il en regardant Blondet, où s'est montré le doigt de Dieu, le plus effrayant de ceux que j'ai vus a été presque mon ouvrage...

– Eh ! bien, dites-nous-le ? s'écria lady Barimore. J'aime tant à frémir !

– C'est un goût de femme vertueuse, répliqua de Marsay en regardant la charmante fille de lord Dudley.

– Pendant la campagne de 1812, dit alors le général Montriveau, je fus la cause involontaire d'un malheur affreux qui pourra vous servir, docteur Bianchon, dit-il en me regardant, vous qui vous occupez beaucoup de l'esprit humain en vous occupant du corps, à résoudre quelques-uns de vos problèmes sur la Volonté. Je faisais ma seconde campagne, j'aimais le péril et je riais de tout, en jeune et simple lieutenant d'artillerie que j'étais ! Lorsque nous arrivâmes à la Bérésina, l'armée n'avait plus, comme vous le savez, de discipline, et ne connaissait plus l'obéissance militaire. C'était un ramas d'hommes de toutes nations, qui allait instinctivement du nord au midi. Les soldats chassaient de leurs foyers un général en haillons et pieds nus quand il ne leur apportait ni bois ni vivres. Après le passage de cette célèbre rivière, le désordre ne fut pas moindre. Je sortais tranquillement, tout seul, sans vivres, des marais de Zembin, et j'allais cherchant une maison où l'on voulût bien me recevoir. N'en trouvant pas, ou chassé de celles que je rencontrais, j'aperçus heureusement, vers le soir, une mauvaise petite ferme de Pologne, de laquelle rien ne pourrait vous donner une idée, à moins que vous n'ayez vu les maisons de bois de la Basse-Normandie ou les plus pauvres métairies de la Beauce. Ces habitations consistent en une seule chambre partagée dans un bout par une cloison en planches, et la plus petite pièce sert de magasin à fourrages. L'obscurité du crépuscule me permit de voir de loin une légère fumée qui s'échappait de cette maison. Espérant y trouver des camarades plus compatissants que ceux auxquels je m'étais adressé jusqu'alors, je marchai courageusement jusqu'à la ferme. En y entrant, je trouvai la table mise. Plusieurs officiers, parmi lesquels était une femme, spectacle assez ordinaire, mangeaient des pommes de terre, de la chair de cheval grillée sur des charbons et des betteraves gelées. Je reconnus parmi les convives deux ou trois capitaines d'artillerie du premier régiment dans lequel j'avais servi. Je fus accueilli par un hourra d'acclamations qui m'aurait fort étonné de l'autre côté de la Bérésina ; mais en ce moment le froid était moins intense, mes camarades se reposaient, ils avaient chaud, ils mangeaient, et la salle jonchée de bottes de paille leur offrait la perspective d'une nuit de délices. Nous n'en demandions pas tant alors. Les camarades pouvaient être philanthropes gratis, une des manières les plus ordinaires d'être philanthrope. Je me mis à manger en m'asseyant sur des bottes de fourrage. Au bout de la table, du côté de la porte par laquelle on communiquait avec la petite pièce pleine de paille et de foin, se trouvait mon ancien colonel, un des hommes les plus extraordinaires que j'aie jamais rencontrés dans tout le ramassis d'hommes qu'il m'a été permis de voir. Il était Italien. Or, toutes les fois que la nature humaine est belle dans les contrées méridionales, elle est alors sublime. Je ne sais si vous avez remarqué la singulière blancheur des Italiens quand ils sont blancs... C'est magnifique, aux lumières surtout. Lorsque je lus le fantastique portrait que Charles Nodier nous a tracé du colonel Oudet, j'ai retrouvé mes propres sensations dans chacune de ses phrases élégantes. Italien, comme la plupart des officiers qui composaient son régiment, emprunté, du reste, par l'empereur à l'armée d'Eugène, mon colonel était un homme de haute taille ; il avait bien huit à neuf pouces, admirablement proportionné, peut-être un peu gros, mais d'une vigueur prodigieuse, et leste, découplé comme un lévrier. Ses cheveux noirs, bouclés à profusion, faisaient valoir son teint blanc comme celui d'une femme ; il avait de petites mains, un joli pied, une bouche gracieuse, un nez aquilin dont les lignes étaient minces et dont le bout se pinçait naturellement et blanchissait quand il était en colère, ce qui arrivait souvent. Son irascibilité passait si bien toute croyance, que je ne vous en dirai rien ; vous allez en juger d'ailleurs. Personne ne restait calme près de lui. Moi seul peut-être je ne le craignais pas ; il m'avait pris, il est vrai, dans une si singulière amitié que tout ce que je faisais, il le trouvait bon. Quand la colère le travaillait, son front se crispait, et ses muscles dessinaient au milieu de son front un delta, ou, pour mieux dire, le fer à cheval de Redgauntlet. Ce signe vous terrifiait encore plus peut-être que les éclairs magnétiques de ses yeux bleus. Tout son corps tressaillait alors, et sa force, déjà si grande à l'état normal, devenait presque sans bornes. Il grasseyait beaucoup. Sa voix, au moins aussi puissante que celle de l'Oudet de Charles Nodier, jetait une incroyable richesse de son dans la syllabe ou dans la consonne sur laquelle tombait ce grasseyement. Si ce vice de prononciation était une grâce chez lui dans certains moments, lorsqu'il commandait la manœuvre ou qu'il était ému, vous ne sauriez imaginer combien de puissance exprimait cette accentuation si vulgaire à Paris. Il faudrait l'avoir entendu. Lorsque le colonel était tranquille, ses yeux bleus peignaient une douceur angélique, et son front pur avait une expression pleine de charme. À une parade, à l'armée d'Italie, aucun homme ne pouvait lutter avec lui. Enfin d'Orsay lui-même, le beau d'Orsay, fut vaincu par notre colonel lors de la dernière revue passée par Napoléon avant d'entrer en Russie. Tout était opposition chez cet homme privilégié. La passion vit par les contrastes. Aussi ne me demandez pas s'il exerçait sur les femmes ces irrésistibles influences auxquelles votre nature (le général regardait la princesse de Cadignan) se plie comme la matière vitrifiable sous la canne du souffleur ; mais, par une singulière fatalité, un observateur se rendrait peut-être compte de ce phénomène, le colonel avait peu de bonnes fortunes, ou négligeait d'en avoir. Pour vous donner une idée de sa violence, je vais vous dire en deux mots ce que je lui ai vu faire dans un paroxisme de colère. Nous montions avec nos canons un chemin très-étroit, bordé d'un côté par un talus assez haut, et de l'autre par des bois. Au milieu du chemin, nous nous rencontrâmes avec un autre régiment d'artillerie, à la tête duquel marchait le colonel. Ce colonel veut faire reculer le capitaine de notre régiment qui se trouvait en tête de la première batterie. Naturellement notre capitaine s'y refuse ; mais le colonel fait signe à sa première batterie d'avancer, et malgré le soin que le conducteur mit à se jeter sur le bois, la roue du premier canon prit la jambe droite de notre capitaine, et la lui brisa net en le renversant de l'autre côté de son cheval. Tout cela fut l'affaire d'un moment. Notre colonel, qui se trouvait à une faible distance, devine la querelle, accourt au grand galop en passant à travers les pièces et le bois au risque de se jeter les quatre fers en l'air, et arrive sur le terrain en face de l'autre colonel au moment où notre capitaine criait : – À moi !... en tombant. Non, notre colonel italien n'était plus un homme !... Une écume semblable à la mousse du vin de Champagne lui bouillonnait à la bouche, il grondait comme un lion. Hors d'état de prononcer une parole, ni même un cri, il fit un signe effroyable à son antagoniste, en lui montrant le bois et tirant son sabre. Les deux colonels y entrèrent. En deux secondes nous vîmes l'adversaire de notre colonel à terre, la tête fendue en deux. Les soldats de ce régiment reculèrent, ah ! diantre, et bon train ! Ce capitaine, que l'on avait manqué de tuer, et qui jappait dans le bourbier où la roue du canon l'avait jeté, avait pour femme une ravissante Italienne de Messine qui n'était pas indifférente à notre colonel. Cette circonstance avait augmenté sa fureur. Sa protection appartenait à ce mari, il devait le défendre comme la femme elle-même... Or dans la cabane où je reçus un si bon accueil au delà de Zemblin, ce capitaine était en face de moi, et sa femme se trouvait à l'autre bout de la table vis-à-vis le colonel. Cette Messinaise était une petite femme appelée Rosina, fort brune, mais portant dans ses yeux noirs et fendus en amande toutes les ardeurs du soleil de la Sicile. En ce moment elle était dans un déplorable état de maigreur ; elle avait les joues couvertes de poussière comme un fruit exposé aux intempéries d'un grand chemin. À peine vêtue de haillons, fatiguée par les marches, les cheveux en désordre et collés ensemble sous un morceau de châle en marmotte, il y avait encore de la femme chez elle : ses mouvements étaient jolis ; sa bouche rose et chiffonnée, ses dents blanches, les formes de sa figure, son corsage, attraits que la misère, le froid, l'incurie n'avaient pas tout à fait dénaturés, parlaient encore d'amour à qui pouvait penser à une femme. Rosine offrait d'ailleurs en elle une de ces natures frêles en apparence, mais nerveuses et pleines de force. La figure du mari, gentilhomme piémontais, annonçait une bonhomie goguenarde, s'il est permis d'allier ces deux mots. Courageux, instruit, il paraissait ignorer les liaisons qui existaient entre sa femme et le colonel depuis environ trois ans. J'attribuais ce laissez-aller aux mœurs italiennes ou à quelque secret de ménage ; mais il y avait dans la physionomie de cet homme un trait qui m'inspirait toujours une involontaire défiance. Sa lèvre inférieure, mince et très-mobile, s'abaissait aux deux extrémités, au lieu de se relever, ce qui me semblait trahir un fonds de cruauté dans ce caractère en apparence flegmatique et paresseux. Vous devez bien imaginer que la conversation n'était pas très-brillante lorsque j'arrivai. Mes camarades fatigués mangeaient en silence, naturellement ils me firent quelques questions ; et nous nous racontâmes nos malheurs, tout en les entremêlant de réflexions sur la campagne, sur les généraux, sur leurs fautes, sur les Russes et le froid. Un moment après mon arrivée, le colonel, ayant fini son maigre repas, s'essuie les moustaches, nous souhaite le bonsoir, jette son regard noir à l'Italienne et lui dit : – Rosina ? Puis, sans attendre de réponse, il va se coucher dans la petite grange aux fourrages. Le sens de l'interpellation du colonel était facile à saisir. Aussi la jeune femme laissa-t-elle échapper un geste indescriptible qui peignait tout à la fois et la contrariété qu'elle

devait éprouver à voir sa dépendance affichée sans aucun respect humain, et l'offense faite à sa dignité de femme, ou à son
mari ; mais il y eut encore dans la crispation des traits de son
visage, dans le rapprochement violent de ses sourcils, une sorte
de pressentiment : elle eut peut-être une prévision de sa destinée. Rosina resta tranquillement à table. Un instant après, et
vraisemblablement lorsque le colonel fut couché dans son lit de
foin ou de paille, il répéta : – Rosina ?... L'accent de ce second
appel fut encore plus brutalement interrogatif que l'autre. Le
grasseyement du colonel et le nombre que la langue italienne
permet de donner aux voyelles et aux finales, peignirent tout le
despotisme, l'impatience, la volonté de cet homme. Rosina pâlit,
mais elle se leva, passa derrière nous, et rejoignit le colonel.
Tous mes camarades gardèrent un profond silence ; mais moi,
malheureusement, je me mis à rire après les avoir tous regardés,
et mon rire se répéta de bouche en bouche. – *Tu ridi ?* dit le mari. – Ma foi, mon camarade, lui répondis-je en redevenant sérieux, j'avoue que j'ai eu tort, je te demande mille fois pardon ;
et si tu n'es pas content des excuses que je te fais, je suis prêt à
te rendre raison... – Ce n'est pas toi qui as tort, c'est moi ! reprit-il froidement. Là-dessus, nous nous couchâmes dans la
salle, et bientôt nous nous endormîmes tous d'un profond
sommeil. Le lendemain, chacun, sans éveiller son voisin, sans
chercher un compagnon de voyage, se mit en route à sa fantaisie
avec cette espèce d'égoïsme qui a fait de notre déroute un des
plus horribles drames de personnalité, de tristesse et d'horreur,
qui jamais se soient passés sous le ciel. Cependant, à sept ou
huit cents pas de notre gîte, nous nous retrouvâmes presque
tous, et nous marchâmes ensemble, comme des oies conduites
en troupe par le despotisme aveugle d'un enfant. Une même
nécessité nous poussait. Arrivés à un monticule d'où l'on pouvait encore apercevoir la ferme où nous avions passé la nuit,
nous entendîmes des cris qui ressemblaient au rugissement des
lions dans le désert, au mugissement des taureaux ; mais non,
cette clameur ne pouvait se comparer à rien de connu. Néanmoins nous distinguâmes un faible cri de femme mêlé à cet hor-

rible et sinistre râle. Nous nous retournâmes tous, en proie à je ne sais quel sentiment de frayeur ; nous ne vîmes plus la maison, mais un vaste bûcher. L'habitation, qu'on avait barricadée, était toute en flammes. Des tourbillons de fumée, enlevés par le vent, nous apportaient et les sons rauques et je ne sais quelle odeur forte. À quelques pas de nous, marchait le capitaine qui venait tranquillement se joindre à notre caravane ; nous le contemplâmes tous en silence, car nul n'osa l'interroger, mais lui, devinant notre curiosité, tourna sur sa poitrine l'index de la main droite, et de la gauche montrant l'incendie : – *Son'io !* dit-il. Nous continuâmes à marcher sans lui faire une seule observation.

– Il n'y a rien de plus terrible que la révolte d'un mouton, dit de Marsay.

– Il serait affreux de nous laisser aller avec cette horrible image dans la mémoire, dit madame de Vandenesse. Je vais en rêver...

– Et quelle sera la punition de la première de monsieur de Marsay ? dit en souriant lord Dudley.

– Quand les Anglais plaisantent, ils ressemblent aux tigres apprivoisés qui veulent caresser, ils emportent la pièce, dit Blondet.

– Monsieur Bianchon peut nous le dire, répondit de Marsay en s'adressant à moi, car il l'a vue mourir.

– Oui, dis-je, et sa mort est une des plus belles que je connaisse. Nous avions passé le duc et moi la nuit au chevet de la mourante, dont la pulmonie, arrivée au dernier degré, ne laissait aucun espoir, elle avait été administrée la veille. Le duc s'était endormi. Madame la duchesse, s'étant réveillée vers quatre heures du matin, me fit, de la manière la plus touchante et en souriant, un signe amical pour me dire de le laisser reposer, et cependant elle allait mourir ! Elle était arrivée à une maigreur extraordinaire, mais son visage avait conservé ses traits et ses formes vraiment sublimes. Sa pâleur faisait ressembler sa peau à de la porcelaine derrière laquelle on aurait mis une lumière. Ses yeux vifs et ses couleurs tranchaient sur ce teint plein d'une molle élégance, et il respirait dans sa physionomie une imposante tranquillité. Elle paraissait plaindre le duc, et ce sentiment prenait sa source dans une tendresse élevée qui semblait ne plus connaître de bornes aux approches de la mort. Le silence était profond. La chambre, doucement éclairée par une lampe, avait l'aspect de toutes les chambres de malades au moment de la mort. En ce moment la pendule sonna. Le duc se réveilla, et fut au désespoir d'avoir dormi. Je ne vis pas le geste d'impatience par lequel il peignit le regret qu'il éprouvait d'avoir perdu de vue sa femme pendant un des derniers moments qui lui étaient accordés ; mais il est sûr qu'une personne autre que la mourante aurait pu s'y tromper. Homme d'état, préoccupé des intérêts de la France, le duc avait mille de ces bizarreries apparentes qui font prendre les gens de génie pour des fous, mais dont l'explication se trouve dans la nature exquise et dans les exigences de leur esprit. Il vint se mettre dans un fauteuil près du lit de sa femme, et la regarda fixement. La mourante avança un peu la main, prit celle de son mari, la serra faiblement ; et d'une voix douce, mais émue, elle lui dit : — Mon pauvre ami, qui donc maintenant te comprendra ? Puis elle mourut en le regardant.

— Les histoires que conte le docteur, reprit le comte de Vandenesse, font des impressions bien profondes.

— Mais douces, reprit madame d'Espard en se levant.